AF460013

LES

ESPRITS MARIEURS

COMÉDIE EN UN ACTE.

LES

ESPRITS MARIEURS

COMÉDIE EN UN ACTE

PAR

ACHILLE MELANDRI

LILLE

IMPRIMERIE L. DANEL.

1887

PERSONNAGES :

Marc de Valrosé, 22 ans (frère de Jeanne)..
Gaston de Caumont, 24 ans...............
Jeanne de Valrosé, 18 ans (Sœur de Marc)..
Marquise douairière de Valrosé, 65 ans....
Le Général de La Tour Magne, 70 ans.....
Une Servante............................

Un salon. — Canapé, poufs, fauteuils, piano. Une table de jeu. Guéridon, albums, fleurs, etc. Une cheminée à gauche. Portes à gauche, à droite et au fond.

La scène se passe à Paris en 1886.

LES ESPRITS MARIEURS

SCÈNE PREMIÈRE.

MARC et GASTON causent au premier plan.
LA MARQUISE et LE GÉNÉRAL jouent aux dames dans le fond de la scène.

MARC (*à Gaston*).

Parole d'honneur, je ne retrouve plus en toi le Gaston du bon temps du collège. Toi, dont les saillies m'ont fait attraper tant de pensums, te voilà morose comme un jour de consigne... Toi, dont le robuste appétit faisait ma joie, tu grignotes, tu rêvasses... Gaston, tu me causes de l'inquiétude. Je serai franc avec toi : Je te trouve énygmatique et insupportable. Là !... Tu ne veux pas me dire ce qu'il en est ?... Tu protestes ? A ton aise, mon ami. Garde tes secrets, si j'ai perdu ta confiance... »

GASTON.

Je t'assure, Marc, que tu te trompes. J'ai un peu de migraine, voilà tout.

MARC.

A d'autres, cela, mon cher ! Ce n'est pas à un vieux copain comme moi que l'on en conte. Nous avons grandi côte à côte, et je te connais, mon camarade. Ce n'est pas sans motif que tu arbores cette tête de pierrot mélancolique... Tiens, en ce moment même, tu n'imagines pas la tête que tu as ! A déjeuner, tu n'as rien mangé, et ma bonne grand'mère de Champrosé déplorait que ce même robuste gaillard qui dévorait naguère un gigot, prit maintenant ces allures de petit-maître, et de dégoûté de toutes choses. Tu vivras bientôt d'une goutte de rosée. Voyons... Il y a là-dessous une amourette, n'est-ce pas ? »

GASTON.

Tu es fou !

MARC.

De quel ton tu me dis cela ! J'espère ne pas t'avoir offensé. L'intérêt que je te porte est trop naturel pour qu'il soit nécessaire de te le rappeler. Cependant, si tu as un secret, garde-le. La véritable amitié ne doit pas être indiscrète.

GASTON (*lui tendant la main*).

Ne te fâches pas, cher. (*Avec une nuance d'amertume.*) Mes visites ici vont devenir plus rares, et je voudrais du moins qu'il n'existât aucun nuage entre nous deux.

MARC.

Ah ! tu vois bien qu'il y a quelque chose !

GASTON.

Peut-être. Mais, comme après tout tu n'y peux rien, il vaut mieux que nous en restions là.

MARC.

Pas du tout, et tu vas me confier ça sur l'heure, ou sinon, je te déclarerai le plus ingrat mortel... (*Il le force à s'asseoir, et prend place lui-même sur un pouf.*) Voyons...

ma mère n'est-elle pas toujours heureuse, à chacune de tes visites? Ma sœur... »

GASTON.

Ah ! voilà.

MARC.

Comment! Serait-ce Jeanne qui causerait ton dépit? (*Il rit.*)

GASTON.

Il n'y a point là de quoi faire le plaisant, et si tu n'as pas remarqué la froideur de Jeanne à mon égard, c'est que vraiment, il ne faut pas compter sur les frères pour la perspicacité.

MARC.

Mais, tu es fou! Comment! Nous avons joué tout petits dans le même jardin, cueilli les mêmes roses, chippé les mêmes fruits, dansé les mêmes rondes! Mais Jeanne est pour toi plus qu'une amie, c'est un camarade. Il faudrait que son séjour au couvent l'eût bien changée...

GASTON.

Oh! les frères! Ils ne voient rien! »

MARC.

Ainsi, tu crois avoir découvert en elle de la froideur?

GASTON.

Pis que cela. De l'animosité.

MARC (*se levant*).

Allons donc! Tu me rassures, car je suis absolument certain du contraire.

GASTON (*se levant à son tour, et lui tendant la main :*)

Il y a de généreux mensonges. Mais pour un observateur comme moi, les symptômes sont trop évidents. On ne peut s'y tromper.

MARC (*incrédule*).

Voyons les symptômes ?

GASTON.

Sitôt que je parais, Jeanne, ordinairement joyeuse comme une fauvette, prend un petit air guindé qui ne lui sied pas du tout. Elle devient distraite, n'entend plus ce qu'on lui dit, fait une moue très jolie, mais trop significative, et finit par s'esquiver sous le premier prétexte... Dans le monde, elle ne danse jamais avec moi.

MARC.

Ta ta ta ! Je crois que tu y mets vraiment un peu trop d'acrimonie, elle danse avec tout le monde, et raffole de la valse.

GASTON.

.... Avec tout le monde. Avec Cintré, avec Meilhac, avec les Samade. Pas avec moi... Tiens, la voici. Observe l'expression « détachée des choses de ce monde » qu'elle prend en m'apercevant. (*Impatiemment.*) Je n'y tiens plus. Je lui cède la place. J'aime encore mieux entendre le général me raconter pour la centième fois la bataille de l'Alma !

MARC (*lui frappant sur l'épaule*).

Mes compliments ! Tu es poli ! Si c'est là ta manière de faire des avances...

(*Pendant les deux répliques précédentes, Jeanne est entrée par la porte de droite. En apercevant Gaston, elle prend une expression sérieuse, et feuillète un album de dessins, sur le guéridon.*)

SCÈNE II.

LES MÊMES, JEANNE.

GASTON (*d'un air gêné, remonte la scène, et s'asseoit près du général*).

Vous disiez donc, mon général, que les zouaves gravirent les hauteurs ?...

LE GÉNÉRAL (*continuant un récit :*)

Les zouaves... Ah ! oui, les zouaves... Non ! Ce furent les chasseurs à pied, division Bosquet. Sous un feu plongeant... Aïe ! Maudite goutte ! Elle ne me laisse aucun repos ! »

JEANNE (*levant les yeux*).

Vous souffrez donc, toujours, général ?

LE GÉNÉRAL.

Mon docteur y perd son latin. J'ai essayé tous les remèdes, rien n'y fait. »

LA MARQUISE (*railleuse*).

Avez-vous consulté une somnambule ?

LE GÉNÉRAL.

Il ne manquerait plus que cela ! (*Il rit.*)

JEANNE.

Pourquoi riez-vous ? C'est très sérieux. Lisez le *Figaro* de ce matin. Il paraît qu'on soigne toutes les maladies par le magnétisme, aujourd'hui.

LE GÉNÉRAL.

Excellent ! Je me suis endormi sur un fauteuil l'autre soir, en me magnétisant dans une glace, et si mon ordonnance n'était venu me réveiller, j'y serais encore... »

LA MARQUISE (*jouant*).

Ces superstitions sont blamées par l'église.

LE GÉNÉRAL.

Elle en accepte bien d'autres, votre église, sacrebleu !

LA MARQUISE.

Oh ! Général !

LE GÉNÉRAL.

Pardon, marquise. J'oublie toujours que vous avez entrepris l'œuvre de ma conversion.

LA MARQUISE.

Voilà trente ans que cela dure, et je n'avance guère... Heureusement, nous avons maintenant un puissant auxiliaire dans cette bienheureuse goutte... (*Elle joue.*) Car, la goutte est pour nous, et Dieu aidant, elle vous rapprochera du salut.

LE GÉNÉRAL.

Comment ? *Heureusement, la goutte est pour nous ?* Ça, marquise, ce n'est pas de la charité chrétienne. »

LA MARQUISE.

Allez-vous pas croire que je vous l'ai donnée pour hâter votre retour vers Dieu ?

LE GÉNÉRAL.

En attendant, je vous bats à plate couture. (*Il joue et prend plusieurs pions.*)

LA MARQUISE.

Ce n'est pas surprenant, vous ne cherchez qu'à me causer des distractions, pour en profiter !

LE GÉNÉRAL (*galamment :*)

Oh ! Marquise, elles sont d'un autre genre, celles que je voudrais vous causer !

LA MARQUISE (*minaudant :*)

Vous papillonnerez donc toujours ?

LE GÉNÉRAL.

Je suis incorrigible !... Engagé dans les voltigeurs à perpétuité... Ah ! sans cette diable de goutte, vous verriez !

JEANNE (*au Général*).

A votre place, je voudrais essayer du remède à la mode. Pourquoi non ? Tout le monde s'en occupe. C'est extraordinaire.

LE GÉNÉRAL (*railleur*).

Oui... La simple imposition des mains, comme au bon temps des miracles.

MARC (*même jeu*).

Et quelle commodité : Plus d'examens, plus de doctorat, plus de trousse ! Il suffit de deux beaux yeux... »

GASTON (*se tournant vers Jeanne*).

En ce cas, nous sommes servis à souhait.

JEANNE (*un peu grave*).

Il faut encore autre chose.

GASTON.

Quoi donc ?

JEANNE.

Une grande force de volonté, car ce qu'on veut bien résolument, on l'obtient toujours.

GASTON (*à part*).

Est-ce un encouragement à mon adresse ? Mon Dieu, aurait-elle enfin compris ce que j'éprouve ?... Chaque matin, j'arrive avec l'intention de parler, mais, en sa présence, je n'ose plus... »

LE GÉNÉRAL.

Moi, d'abord, je ne crois qu'au marc de café.

JEANNE (*malicieusement*).

Vous raillez, général ? Eh bien, si vous voulez vous y prêter un peu, je suis sure de vous guérir, rien qu'en vous endormant, moi !

LE GÉNÉRAL (*avec galanterie*).

Le moyen de dormir, quand vous regardez les gens !

JEANNE.

Un compliment n'est pas une réponse. Voulez-vous que je vous dise ? Eh bien, je crois que vous avez peur.

LE GÉNÉRAL.

Moi, peur ? Sacrebleu !

LA MARQUISE.

Oh ! général !

LE GÉNÉRAL.

Pardon, marquise. Je suis à l'amende. C'est la faute à votre petit diablotin qui me taquine.

JEANNE (*malicieuse*).

Oui, vous devez avoir peur, parce que, lorsqu'on est endormi, on dit tout ce qui vous passe par la tête, et... les anciens militaires ont couru tant d'aventures !... (*Elle éclate de rire.*)

GASTON (*à part*).

Oh ! quelle idée ! (*Il se frappe le front.*)

LE GÉNÉRAL.

Ma chère enfant, si j'étais plus jeune, je m'inventerais au moins une douzaine de maladies, rien que pour avoir le bonheur de me faire guérir par vos jolis doigts roses... Mais le fluide des femmes a peu de prise sur un vieux débris de mon âge.

GASTON (*à part*).

.... En dormant, on dit tout ce qu'on a dans l'esprit et dans le cœur ! Quelle ressource pour un timide comme moi !... Mais il faudrait être seul... Ma foi, payons d'audace, et guettons l'occasion. (*Haut.*) Vous disiez donc, général ?... »

(*Le général joue avec la marquise, et cause bas avec Gaston.*)

MARC (*à part.*)

Je veux en avoir le cœur net, et savoir à quoi m'en tenir. Le moyen est vieux mais il réussit toujours. (*Haut à Jeanne qu'il amène au premier plan.*) Ma chère Jeanne, je te sais discrète. Je puis donc te confier une chose grave. N'en parle à personne, c'est encore un secret. Gaston veut nous quitter.

JEANNE (*troublée*).

Que dis-tu ?

MARC (*l'observant avec attention*).

Il part pour le Tonkin.

JEANNE (*très émue*).

Vraiment ? Mais c'est une folie ! Sans nécessité, briser son avenir, risquer sa vie peut-être !

MARC.

Que lui importe ? Sa famille se réduit à son père. Il n'a ni mère ni sœur, ni femme. Vois-tu, Jeannette, quand on n'a pas pour vous retenir une douce petite menotte.... comme celle-ci, par exemple, c'est peu de chose que l'existence.... Gaston partira.

JEANNE.

Quand ?

MARC.

Bientôt.

JEANNE (*amèrement*).

Le cœur joyeux, sans doute ?

MARC (*sérieux*).

Non... Mais la pensée du devoir accompli...

JEANNE.

.... Console de bien des choses. (*De plus en plus nerveuse :*) Oui. Je sais : Le sang versé pour la patrie, la jeunesse fauchée en plein triomphe... »

MARC (*souriant*).

Tu prêches comme feu M. de Bourdaloue !

JEANNE (*ironique*).

Il avait tout pour lui : Noblesse, beauté, fortune. Les femmes l'adoraient ! Ah ! la jolie ribambelle de fariboles que nous promet son épitaphe !... Je lis ça d'ici ! (*Furieuse, en voyant le sourire de Marc.*) Et tu trouves cela risible, toi ? »

MARC.

Mais, qu'as-tu donc, petite sœur ?

JEANNE.

Et dire qu'il pouvait vivre si heureux, s'il l'avait voulu ! Mais non. Il faut à ces messieurs les destinées aventureuses, les fumées de la gloire.... Qu'importent ceux qui restent ? Oh ! Toi, Marc, tu ne ferais pas cela, dis ?

MARC.

Ma foi, Jeannette, pour te voir si émue, j'en connais plus d'un, et moi-même, pardi ! (*A part.*) Il n'y a plus à en douter, ils s'adorent ! (*Haut.*) Mais on ne se met pas dans cet état-là pour un frère !

JEANNE.

Que signifie... Je t'assure que je ne te comprends pas... Il fait trop chaud ici. Je vais dire à Joseph de fermer les bouches de ce calorifère. (*D'un air d'indifférence affectée :*) Si Monsieur Gaston préfère le Tonkin à la France, il a sans doute ses raisons pour cela. Il laissera probablement des regrets dans bien des cœurs. Quant à moi, je l'ai trouvé si différent de ce qu'il était autrefois, si glacial, si gêné quand on lui parle... »

MARC.

Ma chère petite sœur, tu te méprends étrangement sur notre ami. Gaston t'aime de tout son cœur. Seulement, je connais ta pétulance et sa timidité naturelle. Je crois que tu lui fais un peu peur, voilà tout.

JEANNE (*souriant*).

Mon Dieu, suis-je donc un épouvantail ?

LE GÉNÉRAL (*haut, achevant sa partie et son récit :*)

Ce fut au moment où nous couronnions les hauteurs,

que le général anglais, Lord Raglan, s'écria : « Ce ne » sont pas des hommes, Mossieu ! Ce sont des tigres et » des lions ! » (*A la marquise :*) Je vous offre la revanche, marquise.

LA MARQUISE.

Volontiers.

(*Ils replacent les pions.*)

GASTON (*se levant :*)

Nobles souvenirs, mon général, et que l'on doit être fier de se rappeler.

JEANNE (*à part*).

C'est évident... Il veut partir.

GASTON (*à part, s'avançant au premier plan*).

Je me sens pâlir, et je vais être probablement très ridicule, mais tant pis. Ma résolution est prise. Aujourd'hui ou jamais. ! (*A Jeanne.*) Ainsi, mademoiselle, vous êtes, disiez-vous, un excellent magnétiseur, et le sceptique général n'en veut pas convenir. Vous plairait-il de le convaincre ?

JEANNE (*souriant*).

J'en meurs d'envie.

GASTON (*timidement*).

.... Tout de suite ?

JEANNE.

Oui, mais comment ?

GASTON.

Cela est très facile. Je me suis laissé magnétiser plusieurs fois. L'on assure que je suis un excellent sujet.

JEANNE.

Alors, vous voudriez bien...

GASTON (*galamment*).

Tout ce que vous voudrez.

JEANNE.

Vous consentiriez à vous mettre là, sur ce fauteuil, et à vous laisser endormir par moi ?

GASTON.

Je m'endors très facilement.

JEANNE.

Quel bonheur ! Allons, général, nous allons donner une séance exprès pour vous. Vous allez voir comme c'est amusant !

LE GÉNÉRAL.

Tout de bon ? Je suis curieux de voir lequel des deux endormira l'autre ! (*A part :*) Le gaillard ouvre ses yeux comme des lucarnes... Il est vrai que la petite a des portes cochères ! (*Haut.*) Allons, mes enfants, vous pouvez commencer le feu.

(*Gaston s'asseoit dans un fauteuil. Jeanne se place debout en face de lui.*)

JEANNE (*à Gaston*).

Êtes-vous bien ainsi ?

GASTON (*tendrement*).

Bien, oh ! Très bien !

JEANNE (*avec autorité*).

Ne parlez pas. Il ne faut ~~plus~~ parler.

GASTON.

Me permettez-vous de penser ?

MARC (*à part, les observant curieusement*).

Oh ! oh ! voici un jeu qui pourrait bien rompre la glace.

JEANNE.

Regardez-moi dans les yeux.

GASTON.

Comme cela ?

JEANNE.

Comme cela.

MARC (*à part, souriant*).

Gare les atomes crochus !

(*Jeu de scène. Jeanne fait quelques passes sur Gaston dont le visage prend une expression de béatitude.*)

GASTON (*voix faible :*)

Votre fluide est très doux.

(*Jeanne lui pose la main sur le front.*)

GASTON (*murmurant*).

Quelle sensation exquise. (*Il ferme les yeux.*)

JEANNE.

Cela commence... Dormez-vous ? (*Elle interrompt les passes.*)

GASTON (*implorant*).

Oh ! Encore un peu de fluide, s'il vous plaît.

(*Jeanne lui effleure le visage de ses doigts. Gaston est très agité dans son fauteuil. Jeu de scène.*).

LE GÉNÉRAL *(pendant que la marquise prend plusieurs pions :)*

Ah ! Sacrebleu !

JEANNE *(solennelle)*.

Chut !

GASTON *(fermant les yeux)*.

Chut !

LE GÉNÉRAL ET LA MARQUISE *(s'entre-regardant un doigt sur la bouche :)*

Chut !

(Un silence.)

JEANNE.

Gaston... Monsieur Gaston, dormez-vous ?

GASTON *(voix étrange)*.

Oui.

MARC *(à part)*.

Où veut-il en venir ?

JEANNE *(battant des mains)*.

Na ! vous voyez ? Jamais je n'ai vu un résultat aussi complet. *(Elle soulève le bras de Gaston, qui retombe rigide. — Avec une gravité comique :)* Il est en catalepsie. Je m'y connais. Êtes-vous convaincu, général ?

LE GÉNÉRAL *(grommelant)*.

Pas encore.

JEANNE.

Marc, donne-moi une épingle.

MARC (*à part*)

Aïe ! Pauvre Gaston ! (*Il donne l'épingle.*)

GASTON (*à part, pendant que Jeanne prend l'épingle*).

Diable ! Ça va être dur... »

JEANNE (*piquant à travers son vêtement le bras de Gaston qui reste impassible*).

Vous le voyez, il ne sent rien.

LE GÉNÉRAL.

C'est surprenant !

LA MARQUISE.

Incroyable !

MARC.

Étourdissant !

(*Le général et la marquise suspendent leur partie de dames, et regardent curieusement.*)

JEANNE.

Voulez-vous parler ?

GASTON (*voix étrange*).

Oui.

JEANNE.

Voyons. Commencez par ma grand'mère. Pensez à quelqu'un qui l'intéresse.

GASTON (*s'agitant dans son fauteuil*).

Le pauvre homme ! Dieu, comme il souffre ! Il s'agite, il se démène, il appelle la marquise de Champrosé... »

LA MARQUISE (*effrayée*).

Qui donc, mon Dieu ! De qui s'agit-il ?

GASTON.

Ah ! Je sens son mal qui me brûle !

LA MARQUISE.

Mais qui ?

JEANNE (*à Gaston, avec autorité :*)

Dites, je le veux.

GASTON.

L'abbé Quinault.

LA MARQUISE.

Mon très aimé directeur ! Que désire-t-il de moi ?

GASTON (*cherchant*).

Il... il est très malade.

LE GÉNÉRAL (*narquois*).

Malade ? le cher abbé aurait-il aussi la goutte ?

LA MARQUISE (*sévèrement :*)

La goutte ? Allons donc ! C'est le mal des vieux réprouvés.

LE GÉNÉRAL (*à part :*)

Bing ! Encore un obus dans mon camp ! (*Haut.*) Peut-être une simple indigestion. L'excellent homme aura trop bien dîné chez quelque pénitente...

LA MARQUISE (*indignée*).

Taisez-vous, mécréant !

LE GÉNÉRAL (*à part*).

Toujours la même chose !... Et dire que je l'adore comme ça depuis ses vingt ans !

LA MARQUISE (*sérieusement*).

Je passerai chez l'abbé en me rendant à l'église, pour le salut.

GASTON (*voix lamentable*).

Trop tard ! Le secours viendra trop tard. Il faut qu'il vous voie tout de suite... Bonnes œuvres... famille nombreuse... quatorze enfants, tous en nourrice.

LE GÉNÉRAL (*riant*).

Comment ? quatorze enfants, tous en nourrice ? Ce brave abbé, quel gaillard !

LA MARQUISE.

Il n'y a pas à hésiter, je vais aller voir. (*Elle sonne.*)

LE GÉNÉRAL.

Marquise, ne vous bouleversez pas ainsi. Il me semble que tout cela n'a rien de bien sérieux.

(*Jeanne fait un petit haussement d'épaules impatient, et dit à Gaston d'une voix impérieuse :*)

JEANNE.

Maintenant, transportez-vous chez le général. Qu'y voyez-vous ?

(*Pendant que Gaston se recueille, Justine paraît.*)

LA MARQUISE.

Justine, tout de suite mon chapeau et ma douillette. Je sors.

JUSTINE.

Bien, madame la marquise. (*Elle sort.*)

GASTON (*voix de somnambule*).

Une chambre très sévère. De grands rideaux rouges en damas. Sur le lit, une courte-pointe blanche.

LE GÉNÉRAL (*attentif*).

Tiens, tiens, tiens...

GASTON.

Sur la cheminée, un buste du comte de Chambord.

LE GÉNÉRAL.

Parbleu ! Que veut-il que j'y mette ?

GASTON.

Des sabres accrochés dans l'alcôve, et un revolver au coin du bureau.

LE GÉNÉRAL.

Absolument exact !

GASTON.

Mais il y a quelqu'un.

LA MARQUISE (*riant*).

Ah ! ah ! Quelque joli péché. Je crains que monsieur Gaston ne pousse la double vue un peu trop loin.

LE GÉNÉRAL.

Hum ! (*Il tortille sa moustache avec embarras*).

GASTON.

Je vois... un ancien officier tout blanc, teint coquelicot, balafre au front. Redingote boutonnée. Rosette de la Légion d'honneur. Il se promène de long en large... Il s'impatiente... »

LE GÉNÉRAL.

C'est singulier, on dirait le signalement de...

GASTON.

Je l'entends parler. Attendez ! Il arrive de Condé-sur-Noireau. Il regarde l'heure à sa montre...

LE GÉNÉRAL (*ému*).

De Condé-sur-Noireau ? Je parie que c'est mon vieux camarade Rupert.

GASTON (*toujours endormi*).

C'est précisément le nom que je lis sur la carte qu'il a remise au domestique.

LE GÉNÉRAL (*très ému*).

Rupert qui n'a qu'un bras ?

GASTON (*avec assurance*).

Rupert qui n'a qu'un bras.

LE GÉNÉRAL.

C'est trop fort ! Un vieux compagnon d'armes.... Blessés ensemble à Solférino... Ah ! sacrebleu, marquise, il faut que vous m'excusiez... Ou plutôt, non. Voulez-vous me permettre de vous mettre chez votre abbé ? Mon coupé est en bas.

(*Justine rentre portant le chapeau et la douillette, et les met à sa maîtresse.*)

LA MARQUISE.

Mais, laisser ces enfants...

MARC (*riant*).

Ne sommes-nous pas assez grands pour nous garder tout seuls, et ne suis-je pas là, moi, pour assister au réveil de notre ami?

LA MARQUISE.

Toi, grand fou? Tu es pire que ta sœur.

JEANNE.

Soyez tranquille, grand'mère, je réponds de tout.

LA MARQUISE (*émotionnée*).

Vraiment? Eh bien, oui, je veux en avoir le cœur net. Soyez sages. Je reviens bientôt.

LE GÉNÉRAL.

Ah! Par exemple! Ce cher Rupert! En voilà une surprise! Mon bras, marquise... Venez!

(*Ils sortent très agités par la porte du fond.*)

SCÈNE III.

LES MÊMES, moins LE GÉNÉRAL et LA MARQUISE.

MARC (*riant*).

Ce bon général! Il ne sent plus sa goutte.

JEANNE (*naïvement, à Marc, tout en faisant quelques passes*).

Eh bien, j'espère qu'il ne se moquera plus! Quel succès! Pour une première fois, je ne m'attendais pas à réussir aussi bien.

MARC.

Eh bien, Gaston. N'as-tu rien à me dire, à moi?

GASTON.

Va t'en!

MARC.

Hein?

GASTON (*d'une voix altérée*).

C'est à vous, mademoiselle Jeanne, que je désire parler.

JEANNE (*intriguée*).

Ah!

GASTON.

J'ai à faire une importante communication à vous seule.

MARC.

Suffit. Je suis gênant... Je vous laisse, mes bons amis.

GASTON.

Dites-lui... qu'il s'éloigne, ou je ne puis parler.

(*Jeanne fait signe à Marc de s'éloigner.*)

MARC (*à part, se frottant les mains*)

Eh! eh! Cela se complique...

(*Il sort à gauche.*)

SCÈNE IV.

JEANNE, GASTON.

JEANNE.

Une communication importante ? (*à part :*) Sans doute, c'est son départ qu'il va m'apprendre ! (*haut.*) J'espère que ce n'est pas trop terrible ?

(*Elle se rapproche de lui.*)

GASTON.

Oh ! oui, c'est terrible ! (*avec énergie :*) Mademoiselle, je vous ai... »

JEANNE (*l'interrompant précipitamment*).

Si c'est par trop terrible, ne le dites pas !

GASTON (*à part*).

Non ! j'ai beau faire, je n'oserai jamais. (*haut :*) Jeanne, je vous ai... »

JEANNE (*souriante, et prêtant l'oreille avec complaisance*).

Hein ? Quoi ?... »

GASTON.

Je vous ai... souvent paru maussade, quand j'étais éveillé ?

JEANNE (*désappointée*).

Oh ! oui.

GASTON.

J'étais surtout timide. Lorsque vous dansiez et que je venais vers vous, vous sembliez me fuir...

JEANNE.

Sans doute ! Vous me marchiez sur les pieds.

GASTON.

Lorsque, dans un adieu amical je vous tendais la main, vous retiriez la vôtre... »

JEANNE.

Je tremblais si fort !

GASTON.

Vous sembliez me haïr.

JEANNE.

On aurait juré que je vous étais insupportable !

GASTON (*s'enhardissant*).

J'aurais tout donné pour ce tête-à-tête... Être seul auprès de vous, vous aimer... vous le dire !

JEANNE.

Quoi ! Gaston ! (*se reprenant :*) Monsieur Gaston.... (*Elle se trouble.*)

GASTON.

Oui, Jeanne, je vous aime.

JEANNE (*avec explosion*).

Mais, mon Dieu ! Pourquoi ne me l'avez-vous pas dit lorsque vous étiez éveillé ?

GASTON.

Je n'aurais jamais osé.

JEANNE.

Mais pourquoi ?

GASTON.

Parce que je vous aime trop... pour oser.

JEANNE (*hésitant*).

Et... pouvez-vous dire si... je vous ai remarqué, moi ? (*Un silence.*)

JEANNE.

Dites, monsieur Gaston. Vous ai-je *remarqué*, moi ? (*Elle lui pose l'index sur le front.*) Allons, dites ! Je le veux.

GASTON (*résolument* :)

Oui ! ! !

JEANNE (*ravie, joignant les mains*).

C'est vrai, tout de même ! Quelle clairvoyance. (*Naïvement* :) Et dire que c'est moi qui l'ai endormi ! (*A Gaston.*) Dites un peu... si je vous... embrassais maintenant, est-ce que vous vous en souviendriez, une fois réveillé ?

GASTON.

Pas du tout. Vous le savez bien. C'est un songe qui passe... Je ne me rappellerai rien de rien.

JEANNE (*à part*).

Puisqu'il dort !... Dieu, que ces expériences sont intéressantes ! (*Elle se penche vers lui, et s'arrête hésitante.*) Mais vous êtes tout à fait endormi, au moins ?

GASTON.

Oh ! oui !

JEANNE.

Cher Gaston ! (*Elle s'incline de nouveau et l'embrasse.*)

COUP DE SCÈNE.

Au moment où elle l'embrasse, Gaston rouvre les yeux et se précipite à genoux aux pieds de Jeanne, dont il couvre la main de baisers. Jeanne, surprise, jette un cri. — Marc rentre précipitamment par la gauche, et contemple ce joli groupe avec étonnement.

SCÈNE V.

JEANNE, GASTON, MARC.

MARC (*feignant la colère*).

Eh ! mon Dieu, que signifie ?...

JEANNE.

Il ne dormait pas, le traître !

GASTON (*embrassant Marc*).

Ah ! mon ami, mon frère ! Le charme est rompu ! J'ai parlé !... »

JEANNE (*embrassant Marc*).

Figure-toi qu'il faisait semblant...

MARC (*au milieu, Jeanne appuyé sur son épaule gauche, et Gaston sur sa droite :*)

Je m'en doutais un peu ! (*Il sourit.*)

JEANNE.

Et il a abusé de la situation pour me faire dire...

MARC.

Quoi ?

JEANNE (*rougissant*)

... Des choses !

MARC (*sévèrement*).

Que vous l'aimiez, ma sœur ?

JEANNE (*baissant les yeux*).

Oui.

MARC (*sévèrement*).

Et pour te jurer qu'il t'adore ?

JEANNE (*même jeu*).

Oui.

MARC (*gaîment*).

Il y a belle lurette que je m'en suis aperçu !

JEANNE.

Ça, c'est trop fort !

MARC.

Règle générale. Quand un jeune homme et une jeune fille ne peuvent passer un jour sans se voir, ni une heure sans se quereller; quand ils changent de couleur sitôt qu'ils se rencontrent, et témoignent l'un pour l'autre une froideur polaire, c'est que l'amour est sous roche.

GASTON.

Alors, tu me la donnes ?

MARC (*élevant comiquement les mains*).

... Avec ma bénédiction des dimanches.

GASTON.

Ainsi, mademoiselle, je puis espérer...

JEANNE (*lui tendant la main*).

Tout, pourvu que vous ne partiez pas pour le Tonkin.

GASTON (*surpris*).

Le Tonkin? Que voulez-vous dire? Je n'y ai jamais songé

MARC (*riant :*)

C'est un petit mensonge que je me suis permis, pour faire une étude, au fond de ces jolis yeux-là.

GASTON.

Et le résultat de cette étude ?

MARC.

Tu en as le dernier mot.

JEANNE (*le menaçant du doigt*).

Méchant frère, va!... Mais que dira le général? Il sera furieux !

GASTON.

Il fallait bien l'éloigner. Je me suis amusé à lui parler d'un vieil ami sur lequel il m'a lui-même donné des détails, qu'il a sans doute oubliés depuis. Quant à son appartement, il ne se souvient pas que j'y ai déjeuné l'an passé. Rien ne change chez ces vieux fidèles. (*Avec effusion :*) Ah ! mon cher Marc, que je suis heureux ! Sans cette chère piqûre au bras qu'elle m'a faite, et qui me cuit... délicieusement, je me croirais en plein rêve !

JEANNE.

Ah ! mon Dieu, c'est vrai, l'épingle... j'ai dû vous faire mal !

GASTON (*gaîment*).

J'en souffrirais bien d'autres, pour vous mériter.

JEANNE.

Je l'espère bien !

SCÈNE VI.

LES MÊMES, LA MARQUISE.

Elle entre brusquement par la porte du fond, qui s'ouvre à deux battants. Elle a son chapeau, sa douillette, ses gants et son manchon. Elle ouvre les bras, essoufflée.

LA MARQUISE.

Mes pauvres enfants, vous êtes tous en état de péché mortel !

JEANNE.

Oh ! Grand'mère, que voulez-vous dire ?

LA MARQUISE.

Vous avez été victimes d'une mystification diabolique. Mr l'abbé (qui, Dieu merci, se porte à merveille) vient de me l'expliquer à l'instant. Toutes ces pratiques de tables tournantes et de somnambulisme sont présidées par l'esprit malin, et défendues par la religion.

MARC (*lui prenant la main tendrement*).

Grand'mère, tant que les esprits ne feront point de pire besogne que celle qu'ils viennent d'accomplir en votre absence, les tables frapperont, tourneront, valseront, et les portes de l'Église ne prévaudront point contre elles.

JEANNE (*malicieusement*).

Et puis, grand'mère, quand on se marie, on va se confesser, et les péchés sont remis.

LA MARQUISE.

Quand on se marie, dis-tu, petite? (*les examinant :*) Mais vous avez tous un air singulier. Qu'est-il donc arrivé? A quels esprits frappeurs avez vous eu affaire?

MARC (*avec une solennité comique :*)

Nous avons eu affaire aux esprits marieurs.

LA MARQUISE (*étonnée*).

Qu'est cela?

GASTON (*s'inclinant*).

C'est ce que mon père aura l'honneur de vous expliquer demain, dans une visite solennelle dont je cours le charger à l'instant. (*Il lui baise la main.*)

RIDEAU.

Lille Imp. L. Danel.

www.ingramcontent.com/pod-product-compliance
Ingram Content Group UK Ltd.
Pitfield, Milton Keynes, MK11 3LW, UK
UKHW020512180726
13839UKWH00005B/2031